Le reflet des fetes :

Noël
&
Halloween

Le reflet des fetes :

Noël
&
Halloween

Rose Plourde

Graeme Villeret

Pascale Laf

Kane Fournier

Autoédition
Révision : Annie Larochelle
Conception de la couverture : Lios-Art
Mise en page : Annie Larochelle
ISBN broché 978-2-98226-393-2
ISBN relié 978-2-98226-392-5
ISBN numérique 978-2-98226-394-9
Première impression 2024

Dépôt légal : 2024 Bibliothèque et Archives nationales du Québec Bibliothèque et Archives Canada

Autoédition

Plourde, Rose, 2005 – autrice, directrice de projet.

Avant-propos

Un jour, j'ai vu passer un appel à texte pour un recueil de nouvelles sur le thème de Noël. J'ai trouvé que c'était une excellente idée, et j'ai voulu y participer. Malheureusement, tous les auteurs étaient déjà choisis, alors j'ai dû passer mon tour, de même que ma très chère amie Pascale.

Donc, au lieu de laisser nos textes prendre la poussière, j'ai eu l'idée de produire ce magnifique recueil, dans lequel mes deux fêtes préférées sont réunies, c'est-à-dire Noël et Halloween.

Alors, préparez-vous à frissonner et à sourire devant la magie de Noël et d'Halloween !

Bonne lecture !

Rose P.

Table des matières

Un Noël brûlant

Rose Plourde

Tout ce que je touche prend feu.

Noël est une fête assez spéciale, ici; chaque année, toutes les personnes qui ont atteint leurs 18 ans dans l'année reçoivent leur don en cadeau. Bien sûr, ce ne sont pas les parents qui passent leur don à leurs enfants, mais celui qu'on appelle Père Noël. Les dons, différents pour chaque personne, ne sont pas héréditaires; c'est même plutôt rare que les enfants acquièrent le même que leurs parents. Un don est une habileté spéciale, comme la capacité de contrôler un certain élément, comme le feu ou l'eau, ou bien une super vitesse, la téléportation, l'invisibilité, etc. Il existe beaucoup trop d'habiletés sur Terre pour toutes les nommer. Cette année, c'est mon année.

C'est dans exactement un mois, deux semaines et quatre jours que je recevrai mon don. La plupart des jeunes de mon âge sont impatients de recevoir leur habileté spéciale, mais j'en tremble de peur. Et si je n'arrivais pas à la contrôler ? Et si je devenais un danger pour les autres ? Je me suis renseignée, j'ai lu plusieurs témoignages, et ce n'est pas tout le monde qui vit bien avec sa nouvelle habileté. Le cerveau est toujours tenté de voir le négatif, mais au moins, si le pire arrive, je serai préparée mentalement, et la déception sera moins grande.

Je suis sûre d'une chose : un don considéré comme dangereux ne fait pas de quelqu'un une mauvaise personne. Les individus envoyés en prison pour des actes dangereux sont arrivés là par leur propre faute. Leur don peut n'être qu'un déclencheur.

Étonnamment, nous n'avons pas de héros ni de vilains, comme dans les films. Nous nous défendons seuls, comme dans le reste de la société. Seulement, nous avons des pouvoirs en plus. Nous avons des policiers, des pompiers et tous les autres premiers répondants. Les pompiers possèdent en majorité l'habileté de contrôler l'air ou bien l'eau. Mais si quelqu'un avec un don de manipulation du feu rêve de devenir pompier, il le peut aussi. Seulement, il doit prouver qu'il a un contrôle total sur son don pour éviter de mettre qui que ce soit en danger.

Les préparatifs pour cette grande fête qu'est Noël n'ont rien de bien spécial, mis à part le fait que nous sommes enfermés dans une bulle de protection quelque peu avant que sonne minuit. Pour quelle raison ? C'est bien simple : si je me réveille le feu aux mains, je ne brûlerai pas la maison. Je devrai y rester jusqu'à ce qu'il soit au moins 10 heures, le temps de m'habituer à mon pouvoir s'il est lié aux éléments ou à la télékinésie. Sinon, je peux sortir dès le réveil. Disons que, pour le reste, nous sommes bien normaux; l'emballage des cadeaux de Noël, le souper du réveillon et toute cette mascarade…

Je n'ai jamais vraiment aimé Noël. C'est une fête beaucoup trop commerciale, à mon avis. C'est simplement une autre occasion d'acheter des cadeaux, mais avec la pression sociale en plus. Parce que tout le monde met la pression ! Les présentatrices à la radio, à la télévision, et même la famille. « Tu as pensé à acheter un cadeau pour tes frères et sœurs ? Oh ! et n'oublie pas tes parents ! » J'en ai marre ! Qu'est-ce qu'ils ont fait de si extraordinaire pour mériter ces cadeaux ? Ce n'est pas leur fête, à ce que je sache ! Je pourrais comprendre qu'on en offre à ceux qui ont atteint leurs 18 ans, pour célébrer leurs nouvelles capacités, mais bon… Que voulez-vous ! Nous n'avons pas le choix d'adhérer à cette stupidité.

Un mois pile avant Noël ! Eh non, ce n'est pas un point d'exclamation pour exprimer de l'excitation, mais bien la peur, qui s'intensifie à mesure que le temps passe. J'accumule les angoisses, et mes parents ne font rien pour me rassurer. « Tu sais, à ton âge, je dois bien avoir fait une vingtaine de gaffes avant de contrôler pleinement mon don. J'ai failli me noyer dans la bulle ! » « On ne t'en voudra pas si tu brûles la maison par accident ou si tu la remplis d'eau; tu peux même casser des vases sans le faire exprès, et on ne sera pas fâchés, si c'est ce qui t'angoisse. » Bien sûr, papa, bien sûr, maman, vos paroles me rendent tout de suite plus calme.

Une semaine, sept jours, six jours, cinq jours, quatre jours, trois jours, deux jours… et nous sommes déjà le réveillon de Noël. Ce qui veut dire que, ce soir, à minuit, j'obtiendrai mon don. Je passe la journée à me ronger les ongles, tellement que j'en saigne. L'odeur du poulet, du pâté à la viande et des biscuits me lève le cœur. Tout le monde est bien trop festif pour moi. Les membres de ma famille me couvrent tous de leur excitation, qui est vite ravalée par le monstre du stress et de la nervosité. Les « et si » volent dans ma tête et électrocutent mes neurones. Je cours à la salle de bain, verrouille la porte et je tombe. Mes jambes ne suivent plus, et ma tête tourne. Mon cœur bat si vite, et mes mains tremblent tellement qu'elles sont toutes moites. Je ne contrôle plus rien, pas même ma respiration. Je pleure, les larmes coulent sans arrêt, et ma tête brûle. Un micro-moment de lucidité me fait penser au truc que ma professeure m'a montré; cinq choses que je peux sentir, toucher, voir et entendre.

Je respire un grand coup et essaie de retenir mon air pour me concentrer un maximum. Je sens mes jeans, le plancher de céramique froid, les larmes sur mes joues et les cheveux mouillés sur mon visage. Une autre grande respiration; je ferme les yeux, je peux toucher le comptoir, mon téléphone, mon chandail, le plancher et mon front en sueur. Mon cœur continue de battre à une vitesse qui me semble surnaturelle, mais je me force à continuer. Je vois ma brosse à dents, le tube de dentifrice, le bain, le lavabo et les serviettes. Finalement, j'entends les voix de mes parents, celles des invités, la goutte qui tombe dans le lavabo, le frottement de mes pantalons contre le plancher et le mixeur de ma mère dans la cuisine. Je reste étendue un moment sur le sol froid et me concentre sur ma respiration en attendant que la crise passe. Je finis par me relever tranquillement et pars m'étendre dans mon lit d'une manière machinale.

La main douce de ma mère contre ma joue et dans mes cheveux me réveille doucement.

— Tu as faim ? On devrait manger bientôt, si tu veux te changer et nous rejoindre, me dit-elle d'une voix aussi douce que ses mains.

J'opine de la tête pour toute réponse. J'attends que la porte se referme et me change en une robe longue et confortable, par-dessus laquelle je mets une petite veste. Je descends tranquillement et me glisse dans la file pour le buffet en évitant d'attirer l'attention. Je me sers du poulet doré, une bonne portion de purée de pommes de terre, de la salade et quelques légumes. Je m'assieds au comptoir pour avoir accès aux fromages et aux biscuits. Je crois bien que mes parents ont discuté avec les invités à mon sujet, puisque personne ne m'adresse la parole, sauf ma grand-mère, qui s'assied à mes côtés.

— Tout va bien aller, ma petite chérie ! Ce que tu ressens est valide, mais concentre-toi sur ton présent au maximum. Si ton futur don te fait peur, profite de la vie au lieu de jeter ce temps à la poubelle pour un avenir qui n'existe pas encore, me dit-elle avec un sourire bienveillant.

Je lui rends son sourire sans répondre. Ma grand-mère a toujours été ma confidente et elle a toujours su trouver les bons mots pour me réconforter. Pendant ce temps, les conversations continuent de fuser par-ci, par-là, mais je me surprends à ne pas voir la soirée passer, moi qui, normalement, suis si consciente du passage du temps.

Une fois le dessert mangé, nous ouvrons les cadeaux des membres de la famille qui sont présents ce soir, puisque nous ne les reverrons pas demain. Je reçois une magnifique montre à gousset, résistante à l'eau et au feu, de ma grand-mère, et un sac à dos avec du maquillage de ma marraine, qui, comme à l'habitude, ne sait pas quoi m'offrir et me donne des choses que mes sœurs adorent, qui ne me seront pas très utiles. Le sac à dos n'est pas si inutile, mais j'aurais préféré un sac de voyage. Je devrais arrêter de me plaindre, moi qui considérais la fête de Noël de fête comme étant commerciale…

La fin de la soirée approche. Nous jouons aux cartes, et vers 23 h 30, je suis dans ma bulle de protection, après avoir dit au revoir à tout le monde. Je sens que je vais m'endormir rapidement. L'angoisse me prend énormément d'énergie.

— Naïa, réveille-toi ! crie ma mère en me secouant.

Je me retourne, encore endormie, et elle s'éloigne rapidement de moi en criant. L'odeur de brûlé me fait ouvrir les yeux complètement, et je me rends compte que la bulle n'est plus que cendre, et, sur le plancher, on distingue la forme de ma main.

Un cri de surprise m'échappe. Je suis paniquée, je ne contrôle pas du tout mon don. Je touche un livre qui traînait près de moi, et une flamme l'avale en moins d'une seconde. Il ne fait pas que brûler doucement; les flammes le transforment en cendres presque instantanément. Je suis horrifiée. Je touche ma peau, mais heureusement, aucune trace; même chose pour mes cheveux.

Je n'ose plus bouger. J'entends mon père chuchoter à ma mère que mon pouvoir est beaucoup plus fort qu'un simple don élémental de feu. Je suis dans l'incompréhension la plus totale.

— Bon, je crois qu'il va te falloir de bons gants pour déballer tes cadeaux, dit ma mère dans une tentative d'alléger la situation.

Ma grand-mère sort de nulle part et fait sursauter tout le monde. La situation quelque peu chaotique nous avait fait oublier sa présence.

— Comme ceux-ci ? répond-elle à ma mère.

— J'ai bien peur de les brûler, grand-maman… Tout ce que je touche prend feu, que je réponds.

Ma grand-mère enlève ses gants et prend un livre en main, mais impossible d'en voir le titre. Une flamme d'un bleu superbe l'absorbe en moins d'une seconde, exactement comme ce qui vient de m'arriver.

— J'en garde toujours une autre paire avec moi; je savais bien qu'un jour, un de mes petits-enfants aurait la même habileté que moi.

Elle me tend les gants, que j'enfile aussitôt. Ma grand-mère ne nous avait jamais révélé son don; je comprends pourquoi, maintenant. C'est l'une des quatre habiletés mortelles. Dans la panique, je n'avais pas compris que j'avais moi aussi un pouvoir mortel. Ma grand-mère m'adresse un doux sourire.

Elle met son doigt devant sa bouche pour nous avertir de ne pas parler. Nous hochons tous la tête. Les habiletés mortelles sont considérées comme extrêmement dangereuses, et tous ceux qui sont dotés de l'une d'entre elles disparaissent en moins de 24 heures. Les quatre dons en question sont le feu (brûler tout ce que l'on touche en moins d'une seconde), la glace (glacer tout ce que l'on touche instantanément), la transformation des gens en statue d'un simple regard et le don de l'ombre (des nuages noirs dangereux, un don des plus rares). Ce sont tous des dons habituels, mais lorsqu'ils sont présents avec une puissance plus élevée que la normale et sans être contrôlés, ils sont considérés comme des habiletés mortelles.

Nous continuons tous notre journée sans parler de ce qui vient de se passer. J'ai le don du feu, et je garde mes gants pour éviter de tout brûler accidentellement…

Le lendemain après-midi, j'enlève mes gants et accroche le robinet sans y penser; l'eau gèle immédiatement. Mon chat s'approche au même moment, mais d'un regard de ma part, il se transforme en statue.

— Non ! que je crie.

Je suis prise de panique; des nuages de fumées noires s'enroulent autour de moi et créent un bazar dans la cuisine. Mon corps semble froid d'un côté et chaud de l'autre. Je ferme les yeux afin d'éviter de blesser qui que ce soit. J'entends la voix de ma grand-mère et celle de quelqu'un d'autre, que je reconnais, sans pouvoir l'identifier.

— Papa ? dit ma mère.

Ma grand-mère met une main douce sur mon épaule et je la sens mettre des lunettes sur mon visage pour couvrir mes yeux.

— Calme-toi, respire, tout va bien.

Je respire avec elle, et la tornade noire disparaît. Je remets les gants.

— Père-Noël ? dis-je, estomaquée de voir ce vieil homme à l'habit rouge et à la barbe blanche dans la cuisine.

— Bon, laissez-moi vous expliquer, commence le Père-Noël. Une vieille légende raconte qu'un jour, une jeune fille aux cinq habiletés mortelles naîtra.

— Cinq ? le coupé-je.

Il hoche la tête avant de continuer :

— Oui, cinq. Pourquoi penses-tu que je porte de si gros gants et un gros habit rouge ? continue-t-il.

— Je ne comprends toujours pas, que je réponds.

— C'est bien simple, ma petite. Le cinquième don est la magie de Noël. Elle vit dans tout notre corps, mais elle n'est point dangereuse; le manteau empêche seulement de faire apparaître des cadeaux, des sapins et des décorations de Noël partout par accident !

Il enlève ses gants, touche un livre de la main gauche et de la main droite : l'un part en flammes alors que l'autre se couvre de glace. Il enlève ses lentilles de contact et regarde le chat, qui sort de sa fixité.

— Je t'apprendrai pour ce petit tour, dit-il avec un clin d'œil.

Il ferme ensuite les yeux, et des nuages gris apparaissent autour de lui. Puis, il les fait disparaître.

— Les habiletés mortelles ne sont pas toutes incontrôlables. Elles sont aussi nécessaires à Noël. J'allume les feux dans la cheminée ou les éteins, au besoin. Je peux même cuire des biscuits tout seul ! Je m'occupe de créer la neige, m'assure qu'il fait assez froid durant le mois de décembre. Les ombres me protègent de tout mal qui voudrait me nuire, à moi personnellement ou à Noël. Et puis, changer les enfants en statue, s'ils sont réveillés pour me voir ne leur fait aucun mal, même qu'ils ne se souviennent pas de la dernière chose qu'ils ont vue avant d'être transformés ! Pourvu que tu te caches assez vite lorsque tu les sors de leur état de statue ! Après 100 ans de service, les Pères Noël et les Mères Noël prennent leur retraite, et la magie de Noël est transférée à une jeune fille et à un jeune garçon.

— La Mère Noël a toujours été dans notre lignée. Tu devras trouver ton Père-Noël à toi, continue ma grand-mère en regardant mon grand-père, les yeux remplis d'amour.

Je les regardai, interloquée.

— Ta grand-mère a raison ! Lorsque tu auras trouvé le garçon aux cinq habiletés mortelles, vous serez transportés, comme par magie, au Pôle Nord, pour perpétuer Noël, continue le Père Noël.

— Bien sûr, vous aurez une formation, nous ne partirons pas tout de suite ! continue grand-mère.

— Grand-maman, tu as les cinq, toi aussi ?

— C'est ta seule question ? Bien sûr que j'ai les cinq ! répond-elle en riant.

C'est à ce moment que nous nous retournons vers mes parents. Nous avions complètement oublié leur présence.

— Désolé, ma chouette, j'ai dû garder l'information cachée. Nous ne pouvions pas te révéler le secret, reprend mon grand-père.

— Je dois avoir au moins 50 frères et sœurs, en 100 ans !

— Non, tu n'as que ta grande sœur et ton grand frère, que tu connais déjà, répond-il. Nous avons attendu quelques années avant de faire des enfants !

— Pourquoi donc ? demande ma mère.

— Nous nous sommes dit qu'il serait plus facile de trouver notre nouvelle Mère Noël, répond grand-mère.

— Elle va devoir partir ? finit par dire mon père, brisant son silence.

— Non, elle va vivre sa vie comme toutes les filles de son âge en attendant de trouver son prince charmant, qui, lui, disparaîtra pendant 100 ans lorsqu'elle le trouvera. Naïa, elle, fera les allers-retours entre ici et le Pôle Nord, comme moi, répond grand-mère.

— C'est pour ça qu'on ne pouvait jamais venir chez toi ! dis-je.

Elle hocha la tête. Il me faudra plusieurs jours pour digérer l'information, mais qui sait combien de temps il me faudra pour rencontrer le prince charmant ? Nous finissons cette journée forte en émotions par un bon souper en famille et reprenons plusieurs informations pour être sûrs que tout le monde comprenne bien, entre les larmes et les fous rires.

Tout ce que je touche prend feu; tout ce que je touche se glace; tout ce que je regarde se transforme en statue; et je fais virevolter des nuages noirs autour de moi. Mais je suis Noël, Mère Noël, et tant que je serai sur Terre, la magie de Noël perdurera ! Donc, je suis aussi bien de commencer à aimer

Noël, qui n'est pas rien qu'une fête commerciale, finalement. C'est le début d'une nouvelle vie !

Le grand méchant (à tête de) mort

Graeme Villeret

Léa eut à peine le temps d'apercevoir le monstre qui l'enlevait dans son lit. Il faisait nuit, elle dormait paisiblement. C'est lorsqu'il la souleva brutalement, comme une poupée de chiffon, et lui plaqua la main sur la bouche qu'elle se réveilla vraiment et se mit à hurler de toutes ses forces. Mais cela ne suffit pas. Les sons qui sortaient de sa gorge en feu étaient étouffés par cette grosse main terrible, et elle pensa aussitôt qu'elle allait mourir. Avec la noirceur, elle n'avait que peu de possibilités de voir ce monstre en détail. Affreux, avec sa tête de mort effrayante, très grand, il soufflait de tous ses poumons alors qu'il courait vers une voiture. Rapidement, Léa se retrouva enfermée dans le coffre, avec une toile sur la tête qui cachait tout, du scotch sur la bouche et les mains liées dans le dos. C'est là qu'elle se mit à pleurer toutes les larmes de son corps.

Le véhicule s'était élancé en arrachant le bitume dans un bruit effroyable, et Léa, ballotée de toutes parts, avait beau pleurer, hurler autant qu'elle le pouvait et frapper de ses pieds les parois intérieures du coffre, rien n'y faisait. Lorsque les cahots de la route faisaient sauter la voiture, la fillette retombait lourdement sur des outils, qui lui faisaient un mal atroce dans le dos ou aux côtes. Le bruit infernal lui cassait les oreilles. Puis la voiture s'arrêta net, projetant Léa contre le fond du coffre. Elle sentit alors les pas du monstre qui approchait, elle l'entendait souffler fort et cracher, et elle se dit que c'était fini, qu'elle allait mourir maintenant. Que le grand méchant monstre à tête de mort allait sûrement lui faire du mal, la torturer, la manger ou l'emporter dans son antre rempli d'araignées mangeuses de chair humaine, et qu'elle n'allait plus jamais revoir ses parents, qu'ils ne pourraient pas venir la secourir.

Léa était terrifiée. Elle paniquait sans pouvoir bouger. Le capot du coffre s'ouvrit dans un grincement lugubre, comme dans les films d'horreur que Léa aimait regarder avec son grand frère, même si elle n'osait lui avouer qu'elle avait peur tout le temps. Le grand méchant à tête de mort l'attrapa d'une seule main comme un vulgaire sac, et la plaqua sur son épaule, tête en bas. Elle avait mal au ventre dans cette position inconfortable, et sa cagoule tomba. Elle se trouvait dans une forêt; la nuit était froide, mais la pleine lune faisait briller les branches des arbres, projetant des ombres inquiétantes. Comme elle essayait de se débattre, il lui asséna un grand coup sur la tête et lui intima l'ordre de fermer sa gueule. Effrayée, Léa obtempéra dans un sanglot continu. De temps à autre, des cris angoissants d'animaux inconnus perçaient la brume légère qui enveloppait les bois.

Au bout de quelques minutes, le monstre la jeta à terre, et ouvrit une grande trappe en acier, qui grinça encore plus fort que sa voiture, grincement qui réveilla toute la forêt. Puis il la descendit par une échelle interminable. Le grand méchant à tête de mort l'emmenait sous la terre, comme dans un cercueil.

Léa avait déjà vu un cercueil, lorsque son grand-père était mort. Elle avait assisté à une cérémonie dans un cimetière, et il y avait d'autres cercueils alignés, des tas de gens habillés en noir, et d'autres qui portaient des costumes bizarres et des chapeaux ronds sur leur tête. Tout le monde pleurait, alors elle aussi, elle pleurait. Elle n'avait pas beaucoup connu son grand-père, car il était constamment parti en mission à l'étranger. C'était un soldat. Et il était « tombé dans une embuscade ». Léa n'avait rien compris, sauf qu'on allait mettre son grand-père dans un trou dans la terre. Et cette nuit, c'était son tour, c'était elle que l'on enterrerait vivante.

Elle redoubla d'efforts pour se débattre, mais le monstre la frappa une nouvelle fois, une gifle très forte, et la jeta dans une pièce sombre, au sol en terre dure et aux murs de pierres grosses et sales. Il lui détacha les mains, arracha d'un coup sec le ruban adhésif sur sa bouche et referma une lourde porte en métal, comme dans une prison.

Léa était enfermée, pour de bon. Elle se mit à hurler du plus fort qu'elle put. Elle avait atrocement mal aux poignets, à cause des liens trop serrés. Une petite lumière tremblotante éclairait mal cette pièce, qui ressemblait plus à une cave qu'à une chambre ou à une cellule de prison. Et elle qui avait peur de descendre dans la cave de sa propre maison !

Soudain, elle perçut un frottement dans un coin de la pièce. Des gouttes de sueur froide perlèrent sur la peau de son visage, et elle se retourna, effrayée.

— Y a quelqu'un ? demanda-t-elle d'une voix tremblotante.

— Oui, lui répondit-on, d'une voix tout aussi tremblotante.

— Qui… qui êtes-vous ?

Des larmes recommencèrent à rouler sur ses joues. Elle était terrorisée et ne voyait pas son interlocuteur, caché dans un recoin mal éclairé. Elle se recula par réflexe contre le mur, en poussant sur ses jambes frêles.

— Tom, dit finalement une voix très timide, très douce.

C'était un enfant, comme elle. Un garçon. Elle fut immédiatement rassurée.

— Tu sais où on est ?

— Non, répliqua-t-il, mais on dirait une cave.

— Une cave dans la forêt ?

— Ah bon ? On est dans la forêt ?

— Tu ne le savais pas ?

— Non, je me suis réveillé ici tout à l'heure.

— Ça fait pas longtemps alors que t'es là. Moi, je me suis réveillée dans le coffre de sa voiture.

— On a été enlevés, c'est ça ?

— Ben oui, c'est ça. Ça fait super peur.

— En plus, c'est Halloween, et tout ça, c'est pas drôle.

— T'as essayé d'ouvrir la porte ?

— Oui, ça fait rien du tout, c'est trop lourd. Elle est en fer, et en plus, elle est bien fermée.

— T'as appelé ?

— Ben j'ai crié, tout ça, pis y a rien ni personne.

Léa se détendit un peu, et approcha de Tom.

— T'as quel âge ?

— J'ai dix ans, et toi ?

— Pareil.

— Tu t'appelles comment ?

— Léa.

Elle était debout face à lui, à deux mètres. Il se redressa et vint à sa rencontre. Ils se tinrent à un bon mètre de distance. La confiance s'installait, mais n'était pas encore complète. C'était deux enfants de la Covid, et les distances barrières, ils connaissaient. C'était inscrit dans leurs gènes, dans l'ADN de toute une génération, la génération aseptisée. Ils avaient tous l'habitude de se laver les mains tout le temps, de vivre dans un environnement exempt de germes, de microbes. Une gageure, dans un tel endroit.

Léa trouva que c'était sale, que ça sentait mauvais : le renfermé, l'humidité, la poussière. Elle se dirigea vers la porte et se mit à frapper sur la lourde porte métallique, qui gronda sous ses petits poings. Au bout d'un moment, comme personne ne répondait ni ne venait, elle s'épuisa et alla s'asseoir sur un matelas humide qui gisait contre un mur, des larmes plein les yeux.

— J'te l'avais dit, déclara Tom. Y a personne. Je sais pas c'qu'on fait là.

— Mais moi non plus ! Qu'est-ce qu'on a fait de mal ? C'est qui, ce grand méchant à tête de mort qui nous a enlevés ?

Le silence s'installa, ponctué par les sanglots timides et les reniflements de Léa. Ses yeux s'habituaient à la faible luminosité des lieux. Elle finit par distinguer toute la pièce, qui était assez grande. Murs en grosses pierres mal jointes. Au plafond, assez haut, une ampoule pendait lamentablement au bout d'un maigre fil électrique. Deux matelas étaient disposés à même le sol de terre battue, au milieu du mur, face à face, et suffisamment éloignés l'un de l'autre pour assurer une certaine intimité. Dans un coin se dressait une table en bois avec une chaise. Ça ressemblait au vieux mobilier de son école. Sous la table se trouvait un gros pot, comme elle en avait vu dans la chambre de sa grand-mère. Cette dernière ne s'en servait plus, mais elle lui avait raconté qu'étant enfant, c'était là-dedans qu'elle faisait ses besoins la nuit, avant d'aller vider le tout dans une petite fosse au bout du jardin chaque matin.

C'était sûrement de là que venait l'odeur. La mauvaise odeur. Et justement, Léa avait très envie de faire pipi. Mais elle n'osa pas. Elle n'avait surtout pas envie de le faire devant un garçon, sans rien pour se protéger des regards, et rien non plus pour s'essuyer. Elle décida que, pour l'instant, elle se retiendrait. Mais elle savait que ça ne durerait pas. Tout ce qu'elle voulait, c'était rentrer chez elle et retrouver ses parents.

C'était la nuit, dehors, et ils ne s'étaient pas rendu compte que leur fille avait été enlevée et jetée dans une vieille cave au fond de la forêt. Ils ne la retrouveraient jamais ! Cette pensée de ne jamais revoir ses parents, ses amies, sa famille, ses jouets, ses poupées, son école, la fit pleurer de plus belle. Dans son coin, Tom s'était mis, lui aussi, à sangloter. Une heure passa en silence.

— Tu vas à quelle école ? demanda tout à coup Léa.

— Je ne vais pas à l'école, mes parents me font la classe à la maison.

— Ah bon ? Ça existe de pas aller à l'école ? Ça doit être cool.

— Bof, pas tellement. J'ai pas de copains pour jouer.

— Alors, tu fais comment ? Tu joues tout seul ?

— Ouais.

— Ben, tu vas pas au sport ? Moi, je fais du soccer.

— Ben non, tu vois, je fais du vélo, mais c'est tout. J'ai pas le droit d'aller voir les autres enfants. Je ne dois pas leur parler ni jouer avec eux.

— Ils sont bizarres, tes parents. Tu as fait quelque chose de mal ?

— Ben, je sais pas. C'est comme ça depuis que je suis tout petit.

— Si tu veux, moi, je veux bien jouer avec toi.

— D'accord. C'est cool.

— Je veux dire, quand on sera sortis d'ici.

— Ouais, d'accord. Tu habites où ?

— Ben, je connais pas l'adresse, mais je sais y aller. Et toi, t'es vers quel endroit ?

— Je suis à la sortie de la ville, dans les champs. C'est une ferme.

— Moi, j'habite pas très loin de l'école, après le centre commercial.

— Oui, je vois un peu, mais je ne vais jamais traîner par là. Les autres, ils me frappent dès qu'ils me voient et…

Soudain, ils entendirent un grand coup au fond du couloir, et des pas qui glissaient lourdement sur le sol.

Ils stoppèrent immédiatement leur conversation. Paralysés par la peur, ils se regardèrent avec des yeux exorbités, et pensèrent tous les deux que la fin arrivait. Un grand coup donné dans la porte les fit sursauter et hurler. Un grincement métallique cisailla l'air, comme si l'on faisait crisser la pointe d'un couteau sur la porte. Les enfants étaient dans un état de terreur extrême.

Puis un grand silence.

Un autre grand coup donné dans une autre porte plus loin dans le couloir les fit encore sursauter, mais ils ne crièrent plus. Un grincement métallique infernal résonna lorsqu'on ouvrit la porte voisine, et un cri inhumain leur explosa les tympans.

Un autre enfant était retenu prisonnier dans la pièce d'à côté.

Et à ce moment, les cris redoublèrent. Léa n'aurait pu dire s'il s'agissait d'un garçon ou d'une fille tellement les cris étaient aigus et puissants. Ils distinguèrent des coups violents portés sur l'enfant, des hurlements de fin du monde, et des bruits étranges, sourds et en même temps aiguisés, comme si l'on utilisait ce grand couteau sur lui : « tchac, tchac, tchac ! ». La victime arrêta de hurler d'un coup, mais ils entendirent encore de petits gémissements après chaque coup.

Puis le silence.

C'était terminé. Léa et Tom, mortifiés, imaginaient le pire : on avait assassiné un enfant de la pire des manières. Dépecé, comme un vulgaire poulet, dans une mare de douleur et de sang.

Léa se redressa dans une sorte de transe, et se mit à hurler en tambourinant sur la porte. Elle voulait qu'on la laisse sortir, elle voulait voir sa maman, elle voulait que ça s'arrête, qu'on les laisse tranquilles. Elle s'épuisa, mais il ne se passa rien. En collant l'oreille à la porte, elle entendit qu'on se déplaçait, qu'on traînait quelque chose sur le sol, en s'éloignant.

Silence profond.

Une heure passa. Ils s'étaient endormis tous les deux, comme on s'effondre d'épuisement nerveux. Leur sommeil était agité, ils cauchemardaient.

Un grand coup sourd dans le couloir les réveilla en sursaut. Des bruits de pas sur le sol. Ils se redressèrent, se regardèrent, effrayés, et Léa se releva pour se précipiter dans les bras de Tom. Ils se mirent à pleurer, mais aucun son ne pouvait sortir de leur gorge engluée par la peur. Ils regardaient partout autour d'eux, sans espoir.

Les pas approchaient.

Ils étaient les prochains sur la liste. L'un d'entre eux allait se faire découper en morceaux, peut-être même les deux.

Crissement de pointe de couteau sur une porte proche d'eux.

Léa sentit entre ses cuisses le liquide chaud s'échapper malgré elle. Ses regards balayaient la pièce dans tous les sens, cherchant un moyen de s'échapper.

Soudain, Léa s'extirpa des bras de Tom, et se rua vers la table en bois et la chaise. Elle prit la chaise dans les mains, la souleva au-dessus de sa tête, et se posta derrière la porte. Tom était interdit, saisi de peur. Léa était déterminée à vendre chèrement sa peau. La chaise était lourde, mais rien au monde ne lui ferait abandonner son idée. Ses bras tremblaient, elle n'avait jamais eu aussi peur de toute sa vie.

Silence.

Tout à coup, un énorme coup sourd fit vibrer la porte, lourde, hideuse. Léa et Tom poussèrent un hurlement.

Bruit métallique. On ouvrait la poignée.

Grincement de mort, long, lent, issu des ténèbres les plus profondes que le monde ait connues.

Les deux enfants étaient livides, paralysés. Dans la lumière aveuglante de l'encadrement de la porte, une immense silhouette surmontée d'une tête de mort, tel un squelette sorti des profondeurs de l'enfer, apparut soudainement, un couteau démesuré à la main.

Léa se jeta sur lui, frappant le grand méchant à tête de mort de toutes ses forces avec la chaise en bois, qui se fracassa sur le spectre dans un vacarme épouvantable. Surpris, ce dernier s'effondra au sol. Léa en profita pour récupérer un pied arraché à la chaise, et asséna de grands coups sur la tête de mort.

Craquements sinistres.

Tom, qui s'était enfin relevé, se rua vers la sortie, attrapa la main de Léa et la tira à lui par-dessus le corps étendu. Autour du crâne, une flaque noire prenait son temps pour arroser la terre et pénétrer le sol comme on nourrit ses plantes vertes.

En sortant de la sinistre cave, ils regardèrent une dernière fois la grande masse informe couchée sur le sol.

— Tom, est-ce qu'on ne devrait pas…

— Pas quoi ?

— Regarder qui c'est ?

— Quoi, t'es folle ? Tu veux rester là et prendre une photo ?

— Ben, je sais pas, c'est forcément un déguisement, on est à Halloween, alors…

— Laisse tomber Léa, viens vite, on s'en va !

Tom tira de toutes ses forces et tordit le bras de Léa, qui se laissa emmener. Au moment où elle enjamba le corps, elle remarqua que la main de l'homme bougeait. Il tenta de l'attraper, ce qui la fit hurler et déclencha chez elle une poussée d'adrénaline qui la propulsa sur ses jambes. Elle courut près Tom, qui filait comme une flèche vers le bout du couloir. Elle jeta un œil derrière elle; un mauvais pressentiment l'oppressait.

La masse noire était en train de se redresser. Péniblement.

De son côté, Tom tentait désespérément d'ouvrir la porte au bout du couloir, un énorme portail d'acier impossible à déplacer, et encore moins à défoncer de ses poings et de ses maigres épaules. Léa s'écria qu'ils devaient sortir immédiatement, que le monstre arrivait sur eux. À ce moment, elle se retourna et se mit à frapper à son tour sur l'acier, fusionnant ses petits poings avec le métal, jusqu'au sang, jusqu'à la douleur hystérique. Elle hurlait, appelait à l'aide. Elle se retourna et vit la masse à tête de mort complètement redressée, désormais, prête à fondre sur eux telle une bête hideuse, blessée dans son orgueil et sa chair. Le pire des scénarios.

Les enfants détruisaient leurs poings contre l'acier, Tom tirait comme il le pouvait sur la poignée rouillée, soudée à la porte, désespérément immobile. Le grand méchant à tête de mort avançait maintenant vers eux, ses yeux furieux luisaient à travers son masque, il faisait tournoyer son énorme couteau, lentement, avec une délectation de vainqueur. Des gouttes écarlates épaisses glissaient de la lame jusque sur le sol. Des grognements gutturaux s'échappaient de ses lèvres tordues par le plaisir de la douleur…

Léa et Tom étaient désormais bloqués dos à la porte, les membres paralysés par l'horreur qui approchait d'eux sous la forme d'une masse à tête de mort, horrible, puissante, monstrueuse, qui levait un bras vengeur et s'apprêtait à frapper.

Léa, aveuglée par la sueur glacée qui inondait ses yeux, sentit sa dernière heure venue. L'immense lame fendit l'air et s'abattit sur elle.

Léa se réveilla en sursaut.

Tout cela n'était qu'un cauchemar ! Elle était dans son lit, dans sa chambre, dans sa maison, dans son cocon.

Elle avait poussé un grand cri et était couverte d'une sueur glacée. Sa mère entra en coup de vent, paniquée, mais tout allait bien. Elle ouvrit les rideaux d'un coup sec; la lumière entra telle une explosion blanchâtre. Léa avait fait pipi au lit. Elle explosa en sanglots.

— Oh ! maman, maman, j'ai eu si peur !

Sa mère serra sa fille dans ses bras pour la rassurer, en se demandant ce qui avait bien pu causer une telle frayeur, un tel chagrin.

Il était une fois une petite fille très mignonne, très gentille, très sage, très polie, très studieuse, très serviable, très propre, très respectueuse, très câline, très bonne à l'école, très… Du moins, c'est ce que Léa répondait à sa maman, à son papa, à chaque adulte qui lui posait la question de savoir qui elle était, comment elle se définissait dans la vie. Mais elle ne leur parlait jamais de ses rêves, même les plus noirs.

Ce matin-là, comme tous les autres matins, il y avait école. Et il fallait se lever en souriant, descendre manger dans la cuisine, se laver dans la salle de bain, se brosser les dents, préparer son cartable avec les devoirs faits la veille au soir, s'habiller en uniforme d'écolière bien propre, et sortir prendre le bus.

Mais on n'était pas un matin comme tous les autres, non. Aujourd'hui, c'était un matin extraordinaire, puisque c'était sa journée préférée dans toute l'année. Avec Noël, aussi, son autre jour préféré, à cause des cadeaux. Ah ! et aussi son anniversaire, et puis aussi le jour où débutaient les grandes vacances, et aussi celui de toutes les vacances, et puis… Et puis on était le 31 octobre. C'était Halloween ! Le meilleur jour de toute l'année, donc.

Ce matin-là, exceptionnellement, elle n'avait pas enfilé son uniforme habituel. Non. Elle s'était déguisée en fée. Maman avait préparé et cousu depuis des semaines le costume tout neuf, magnifique, avec un chapeau pointu vert clair, un bandeau qui flottait au vent, une robe avec des tulles, en dégradé de verts, des collants en laine bariolés et brillants, des souliers noirs neufs et magnifiques, et surtout, surtout, une baguette magique !

Cette baguette était la cerise sur le gâteau, c'était elle qui faisait tout le costume. Sans compter le maquillage, qui avait pris une demi-heure, et la coiffure, qui avait pris 15 minutes supplémentaires, et on était donc en retard pour aller à l'école. Papa avait grogné, mais papa grognait chaque matin qu'il allait être en retard à cause d'elle. Elle y était donc habituée. Et elle n'avait même pas fait attention au fait que papa était parti sans elle, sans lui déposer un baiser sur la joue, comme il le faisait tous les matins. Ce qui la rendit triste. Il avait pourtant promis de l'emmener à l'école en voiture, de lui éviter le bus, pour une fois, et elle se faisait une joie immense de montrer son costume à son père. Mais il ne l'avait pas attendue.

« Tchac, tchac, tchac ! »

Ces sons résonnèrent douloureusement dans le petit cœur de Léa. Mais après une demi-seconde de frayeur, elle fut rassurée en voyant sa mère couper des légumes en morceaux pour les mettre dans sa boîte à lunch avec son sandwich, alors qu'elle avalait ses céréales à grandes bouchées.

À la radio, on parlait d'actualité, comme tous les matins à l'heure du petit-déjeuner. Léa trouvait que c'était vraiment inintéressant ces conversations d'adultes, et qui revenaient sans cesse sur les mêmes choses, les mêmes informations. Ce matin, on parlait d'un crime survenu durant la nuit. Un petit garçon avait été enlevé dans une ferme pas très loin. Et c'est là, quand elle entendit le nom du garçon de dix ans, qu'elle se figea.

Tom.

Léa ne savait que faire, que penser. Devait-elle en parler à sa mère ? Son père étant absent, elle ne voyait pas à qui se confier dans l'immédiat. Mais sa mère avait autre chose à faire à cet instant. Elle éteignit la radio, prit son sac à main et ses clés de voiture, mais elle ne se préoccupa pas de Léa, qui se demandait maintenant si c'était une bonne idée de sortir de la maison, cet endroit si sûr, habituellement, et d'aller à l'école. D'autant plus que sa mère n'avait pas le temps de l'y emmener, et qu'elle devrait se débrouiller avec le bus, comme d'habitude.

Traînant les pieds, elle se fit un peu gronder par sa mère, qui refermait la porte de la maison en lui indiquant de l'autre main de se dépêcher de courir jusqu'au bus.

— Attends ! Attends ma puce, reviens, je vais faire une photo. Tu es si jolie dans ce beau costume !

— Mais, maman, je vais rater le bus !

— Oui, ben ça va, quand même, j'ai passé des soirées entières à coudre ce costume, tu peux bien attendre deux secondes que je trouve mon téléphone, mon chou.

Et Léa commença à piétiner d'impatience en faisant la moue, telle une gamine un peu trop gâtée. Sa mère prit la photo, plusieurs, même, et Léa eut enfin l'autorisation de déguerpir. Elle détala alors, en contournant la maison par la ruelle arborée qui traversait le quartier entre les maisons, un raccourci évitant un large détour par les rues.

Elle était seule, chantonnait gaiement, sautillait pour aller plus vite. Elle observait la baguette magique entre ses doigts en se disant que ce serait vraiment super d'avoir des pouvoirs magiques pour plein de choses dans la vie, comme faire la vaisselle d'un coup, ou ranger sa chambre en une seconde, arriver instantanément où elle voulait partout dans le monde entier, ou bien encore pour obtenir tous les jouets qu'elle désirait, et il y en avait beaucoup, mais aussi pour s'offrir tous les jolis gâteaux de la pâtisserie du centre commercial. Et aussi… et aussi pour sauver Tom, ce garçon si gentil avec elle la nuit dernière, dans son rêve, et qui l'avait aidée à surmonter cette terrible épreuve. Pour le sortir des griffes de ce monstre qu'elle redoutait, avant qu'il lui fasse du mal, qu'il le découpe avec sa lame de couteau luisante de pourpre, grande comme un hachoir. De son autre main, elle caressait, insouciante, les épines douces des conifères qui l'entouraient.

Soudain, une grande masse sombre émergea entre deux arbres juste devant Léa.

Un grand méchant à tête de mort.

Le carnaval enchanté

Pascale Laf

Saint-Minouchat, la veille de Noël

Par un beau matin d'hiver, Alicia et Mael gambadaient à travers la forêt à la recherche de petits fruits hivernaux pour le dessert du réveillon – et de leur anniversaire de naissance. Les deux enfants étaient jumeaux de date, et leurs mamans avaient séjourné dans la même chambre à la maison de naissance. Ils voulaient cuisiner une bonne tarte à la gelée de pimbina, un petit fruit rouge très rare qui pousse dans les buissons durant l'hiver. La petite baie était très difficile à trouver et ils ne voyaient plus du tout le temps passer.

Plus la journée avançait et moins il y avait de lumière. Bientôt, le soleil serait couché, et ils n'étaient pas encore revenus de leur balade en forêt. Ils tenaient tellement à faire plaisir à leurs parents qu'ils persistaient à chercher le délicieux petit fruit. Ils se disaient que ce ne serait pas si grave s'ils ne rentraient pas pour le dîner et qu'ils ne faisaient pas la sieste de l'après-midi. L'important pour eux était de tenir leur promesse en n'arrivant pas en retard à la dernière répétition du concert annuel. Après, ils pourraient prendre des vacances bien méritées, mais il leur restait encore beaucoup de travail à faire.

Les deux adolescents faisaient partie de la chorale de Noël et ils avaient chacun un solo de prévu. Alicia jouait de la harpe, et Mael chantait d'une voix d'ange. Ils avaient tous les deux demandé des cadeaux très dispendieux, et leurs parents leur avaient dit qu'ils devaient faire partie de la chorale pour les mériter. Les deux familles avaient prévu d'aller aux célébrations du village en début de soirée et de préparer le repas tous ensemble après le spectacle.

Mael avait amené Rita, son bébé raton domestique, pour lui faire faire sa marche matinale. La température était douce, et quelques flocons recouvraient le sol déjà bien enneigé. Les rayons du soleil donnaient l'impression de se refléter sur un tapis de diamants. Le chant des oiseaux était majestueux, et les deux amis étaient heureux de passer du bon temps ensemble.

Alicia commençait à être fatiguée et décida de s'asseoir quelques minutes au pied d'un arbre géant, quand, tout à coup, le sol craqua sous son poids. Mael, qui tenta de la rattraper, la suivit plutôt dans sa chute vertigineuse, tenant toujours la laisse de Rita. C'était le néant, ils n'y voyaient rien, et il faisait de plus en plus froid. L'atterrissage se fit en douceur, et les deux amis sombrèrent dans un profond sommeil durant plusieurs heures. Rita, prise de panique, se sauva, et ne comprenait pas du tout pourquoi elle avait soudainement changé d'environnement.

Papi et Pépita retrouvèrent les gamins étendus sur des branches de sapin en faisant leur promenade, en ce beau matin ensoleillé de décembre.

— Dépêche-toi d'aller chercher ton bolide ! ordonna Pépita à Papi.

— Oui, j'y vais maintenant, dit Papi en constatant l'urgence de la situation.

Pendant que Pépita restait avec eux, Papi courut vers leur chalet de bois rond pour aller chercher son traîneau volant. Il était essoufflé, mais le parcours se fit rapidement et sans embûches.

Papi se dépêcha à attacher Ringo et Bingo à son traîneau magique.

— Hurrihop ! Hurrihop ! Plus vite, plus vite ! hurla Papi, aux deux petits rennes.

Les deux quadrupèdes galopèrent dans le ciel, et le chemin du retour se fit à la vitesse de l'éclair.

Il retourna vite vers les deux étrangers pour se dépêcher de les embarquer dans son véhicule avec l'aide de sa femme. Quand les enfants auraient repris assez de force, il les amènerait dans un endroit plus confortable pour qu'ils puissent récupérer en attendant de les accueillir dans leur royaume, situé pas très loin.

Lorsque Alicia et Mael reprirent connaissance, ils étaient installés dans un lit douillet, bien au chaud sur le bord d'un feu crépitant dans la cheminée. Ils n'avaient aucun souvenir de leur ancienne vie ni de leur arrivée dans cet univers mystérieux. Alicia se souvenait seulement que Rita avait chuté avec eux dans ce monde mystérieux et se demanda pourquoi elle n'était pas restée près d'eux.

— Alicia, où sommes-nous ?

— C'est une très bonne question, Mael, mais je pense que nous sommes en sécurité.

— Les lits sont très confortables, si tu veux mon avis.

— Il faut vite partir à la recherche de Rita.

Les deux amis entendirent des clochettes au loin et ils s'empressèrent d'aller voir par la fenêtre. C'était Papi, qui arrivait avec ses deux petits rennes, et il entra doucement dans la cabane en tenant Rita dans ses bras. Il s'approcha lentement d'eux en leur expliquant qu'il les avait trouvés endormis dans la forêt. Papi invita Alicia et Mael à le suivre dans un endroit à l'abri de tous les regards indiscrets. Ils montèrent tous à bord du traîneau; les enfants étaient curieux de savoir où ils se rendaient. Pépita resta au chalet pour cuisiner des gâteries pour ses invités.

Arrivé à destination, Papi leur demanda d'attendre sur place pendant qu'il allait leur chercher quelque chose à grignoter, mais les jeunes étaient trop curieux de savoir où ils avaient atterri et décidèrent de partir à la découverte de leur nouvel environnement.

Ils étaient émerveillés par la luminosité du boisé qui les entourait, et avaient l'impression de se trouver dans un endroit magique. Mael remarqua que tous les arbres étaient rouges, et que leurs feuilles étaient de couleur dorée. Ils se sentaient rassurés par cet endroit merveilleux et mystérieux. Alicia partit à la course pour dépenser son surplus d'énergie et remarqua une lumière éblouissante au loin. Elle était très excitée d'en découvrir la source et décida de continuer son chemin seule, puisque Mael n'arrivait plus à suivre son rythme, mais il la suivait quand même de loin, avec son petit raton. La jeune fille avait l'impression qu'elle n'arriverait jamais au bout de son chemin et commençait à se sentir découragée, jusqu'à ce qu'une joyeuse petite ombre sautillante lui fit signe de la suivre en se déplaçant à grande vitesse, ce que la jeune fille fit sans hésitation. Sa petite voix intérieure lui disait qu'elle pouvait avoir confiance et qu'elle pourrait vite comprendre dans quel monde elle s'était retrouvée avec son meilleur ami.

— Mael, Mael ! Je vois un magnifique village, au loin ! Les gens font la fête. Il y a des spectacles de feu et des bonbons géants.

Ils étaient tous deux pressés de s'y rendre.

Les adolescents s'approchèrent de plus en plus, impressionnés par tout ce qu'ils apercevaient.

Il y avait un pont en chocolat suspendu par des cannes de Noël géantes, qui passait par-dessus une patinoire remplie de gens joyeux.

Les deux amis ressentaient la magie de leur temps préféré de l'année, et ils avaient hâte de faire connaissance avec les habitants du royaume et de s'amuser avec les autres enfants.

Papi et Pépita avaient tout planifié pour que les enfants puissent aussi revoir leurs parents et les autres habitants de Saint-Minouchat. Une grande fête de Noël était prévue pour le carnaval, et tous seraient réunis autour du grand sapin illuminé pour déguster le festin préparé par les petits lutins. Ils devaient bien sûr mettre leur plan à exécution et réussir à trouver le moyen de les attirer dans leur merveilleux monde. Ils envoyèrent une petite fée pour ensorceler Greta et la guider vers le grand sapin magique. Ce ne fut pas très difficile, puisqu'elle tenait plus que tout aux deux enfants espiègles qui faisaient sourire tous les gens du village. Ils aimaient beaucoup disparaître durant plusieurs heures sans laisser de traces, mais c'était la première fois qu'ils arrivaient en retard à la répétition sans avoir donné signe de vie pendant aussi longtemps.

Greta s'occupait de la troupe depuis plusieurs décennies et elle prenait soin de tous les chats errants. Il y avait Oscar, un matou de 4 ans, qu'elle affectionnait particulièrement. Il n'a jamais essayé d'atteindre l'interdit pour se nourrir. Il était de couleur gris foncé et avait de grands yeux jaune éclatant. Ce chat la suivait partout et était très protecteur avec sa meilleure amie. Oscar avait un instinct pour détecter les âmes en peine. Il se collait aux gens qui en avaient besoin, et ensuite, il partait pour réconforter une autre personne. Le chat était un ange gardien pour les gens souffrant de solitude.

La vieille Greta portait un chapeau de couleur bleu ciel garni de fleurs artificielles, et il servait de perchoir à des oiseaux, qui sifflaient une douce mélodie pour accompagner la chorale. Elle était reconnaissante d'avoir sa place parmi les villageois, même si elle n'avait pas le même statut social et qu'elle vivait sous le seuil de la pauvreté. La seule chose qui comptait pour elle était de leur enseigner ses connaissances.

Autrefois, elle était reconnue mondialement, mais un terrible événement lui avait fait perdre tous ses repères en la plongeant dans une énorme dépression. Personne ne sait ce qui s'est réellement passé, mais tous les habitants du village s'entendaient pour dire que madame Minou méritait sa place parmi eux, et ils avaient même renommé leur village en son honneur. Son véritable nom était Greta Minou, et elle avait bien réussi à s'en sortir, malgré tout, mais elle espérait un jour revoir ses amis du passé.

Tous attendaient avec impatience que les deux jeunes inséparables arrivent pour commencer la répétition pour le spectacle du soir, et madame Minou décida qu'il n'était pas question de commencer sans eux. Ils n'avaient pas pour habitude d'être en retard, et madame Minou avait décidé de partir à leur recherche, parce qu'elle commençait vraiment à s'inquiéter de leur absence. La troupe partit dans le boisé vers le nord, là où les enfants avaient dit à leurs parents qu'ils allaient se diriger.

Papi et Pépita avaient pu apercevoir le monde d'en haut, à travers leur globe magique, et se disaient que ce serait une bonne façon de mettre de la joie dans la vie de Greta, en lui donnant l'envie de revenir dans le monde souterrain. Ils savaient à quel point elle appréciait les villageois de Saint-Minouchat, et qu'elle ferait tout pour retrouver les deux enfants disparus.

Après plusieurs heures de recherche, Greta remarqua des traces de pas aux pieds du grand sapin et y découvrit un énorme trou, d'où surgissait une lumière éblouissante. L'arc-en-ciel de couleurs servait de glissade pour se rendre dans le monde enchanté. La descente fut rapide, et Pépita les attendait avec du bon chocolat chaud garni de guimauves, qu'elle avait préparé un peu plus tôt dans la journée. La gentille dame reconnut tout de suite madame Minou et la serra très fort dans ses bras en se rappelant la tragédie passée.

Greta avait perdu son mari durant un terrible accident. Elle avait décidé d'aller refaire sa vie dans un monde différent en espérant oublier ce qui était arrivé à l'amour de sa vie. Après toutes ses années, elle avait fini par comprendre qu'elle ne pourrait jamais revoir son mari, mais qu'elle pourrait l'honorer en dirigeant une chorale, puisque son mari aimait beaucoup chanter. C'était sa façon de le garder près d'elle et de lui prouver qu'il n'y aurait jamais un autre homme que lui dans son existence.

Pépita réussit à mettre les nouveaux arrivants en confiance et les convainquit de la suivre pour rejoindre Papi, qui les attendait avec ses rennes et son traîneau volant. Il les fit monter à bord, et ses rennes les conduisirent jusqu'au village enchanté, où se tenait le grand carnaval annuel pour le soir du réveillon et du jour de Noël.

Quand les inséparables virent arriver leurs parents, ils se dirigèrent vers eux pour les inviter à célébrer leurs émouvantes retrouvailles. Ils les reconnurent grâce à la petite rosette argentée que seuls les deux jeunes et leurs parents arboraient au milieu de leur front. La magnifique fée avait fait don de ce cadeau magique à la naissance des bébés. Elle savait que l'union des deux familles était inévitable. Les deux enfants étaient prédestinés à être ensemble, et familles et amis étaient maintenant réunis par la magie de Noël, et tous se souviendraient de ces bons moments.

Quand minuit arriva, Père-Noël et Mère-Noël ouvrirent la porte magique, et tous durent partir. Ils avaient fait cadeau d'un pendentif à tous les gens du village d'en haut pour qu'ils puissent communiquer par les rêves. Chaque année, les villageois pourraient retourner dans le monde souterrain de la magie de Noël et se réunir avec les habitants du royaume pour faire la fête autour du grand sapin magique, illuminé de poussière de fées.

Madame Minou décida de retourner à Saint-Minouchat, mais elle avait reçu la bénédiction de la petite fée sorcière de revenir quand elle le souhaitait. Elle n'aurait qu'à se rendre au pied de l'arbre géant à senteur de conifère et à soulever son chapeau fleuri pour ouvrir la porte vers le monde magique. Elle pourrait se remémorer les bons moments avec son prince charmant, qui resterait toujours près d'elle pour la protéger de tous les obstacles de sa vie quotidienne.

Chaque dimanche après-midi, Greta se rendait à la frontière entre le monde magique et le monde réel pour méditer. Elle ne voulait surtout pas perdre contact avec la réalité; elle voulait plus que tout garder les idées claires. Un jour, alors qu'elle devait donner une leçon de chant privé à Sam, madame Greta Minou sentit la délicieuse odeur du chocolat chaud spécial Pépita. Quelque chose lui dit de vite se rendre à la porte de l'arbre majestueux. La petite fée sorcière l'y attendait au sommet de l'arc-en-ciel et lui fit signe de descendre la glissade de couleurs vives. Elle fut agréablement surprise d'apercevoir son défunt mari qui l'attendait en bas, sur un nuage de ouate, après plus de 11 mois sans être retournée dans le monde enchanté.

— Chérie, sois heureuse, et laisse-moi partir en paix !

— Je t'aime, amour de ma vie, et je ne suis pas prête à te laisser aller à tout jamais. Je m'ennuie de nos bons moments passés ensemble et j'aimerais tellement que tu puisses rencontrer mes amis du monde d'en haut.

— Je suis d'accord, mais après, tu devras accepter de me laisser rejoindre le monde des défunts, qui est maintenant le mien.

— Es-tu d'accord pour patienter jusqu'au prochain réveillon de Noël, dans moins d'un mois ? C'est ma dernière demande, et je te laisserai ensuite t'envoler vers un monde meilleur.

— Mon amour, je suis prêt à t'accorder ta dernière demande, et tu devras ensuite être capable de te concentrer sur toi. Tu mérites de refaire ta vie et de fonder ta famille, comme tu l'as toujours souhaité…

Les jours se succédèrent; le réveillon approchait à grands pas. Madame Minou était dans les derniers préparatifs pour la grande répétition de la chorale annuelle. Maël et Alicia en feraient partie pour leur dernière année, avant de se rendre en

Alaska pour perfectionner leur art. En attendant, les deux amis devaient continuer de s'exercer, parce que le grand spectacle était dans moins de trois jours.

Mael serait hébergé par Marco, le grand maître du chant hivernal, et Alicia suivrait son meilleur ami, parce qu'elle ne pouvait pas supporter d'être séparée de lui. Elle pourrait aussi continuer d'améliorer sa maîtrise de la harpe avec l'aide de Gloria, la femme de Marco, qui était aussi la sœur jumelle de Greta.

Plusieurs mois passèrent, et les saisons s'enchaînaient en suivant leur cours. Au printemps, les bourgeons des arbres éclatèrent, et en été, les champs fleurirent. Les feuillus se parèrent de couleurs en automne, et ensuite tombèrent les premiers flocons pour annoncer la saison la plus froide de l'année.

L'hiver signifiait aussi la visite annuelle dans le monde souterrain. Les habitants de Saint-Minouchat et du monde enchanté pourraient enfin se réunir pour célébrer tous ensemble et souligner le départ des deux jeunes artistes en Alaska. Ils devraient prendre l'avion pour s'y rendre !

Les deux sœurs ne s'étaient pas visitées depuis plusieurs années, et Gloria espérait revoir Greta très bientôt. La vieille femme avait plusieurs cordes à son arc, et elle était très douée dans les métiers d'artisanat.

Gloria avait bien l'intention de tricoter un grand châle pour sa jumelle, et de demander à sa jeune protégée de le lui apporter quand elle irait visiter ses parents à Saint-Minouchat. Alicia demanda à Gloria de lui apprendre à tricoter, parce qu'elle aimerait faire un foulard pour son meilleur ami comme cadeau d'anniversaire. Elle devait toutefois maîtriser la pièce qu'elle devait apprendre avant de retourner dans son village natal. Plusieurs heures de pratiques s'étaient écoulées, et Alicia était enfin prête à jouer à la perfection devant les habitants de Greenwork, en Alaska. Marco et sa femme avaient composé cette mélodie spécialement pour les deux enfants, pour qu'ils puissent démontrer leur talent à leur village d'accueil.

Le lendemain soir, tous les habitants étaient réunis sur la grande place pour assister au spectacle de fin d'année. Alicia et Mael avaient envoyé Rita le raton transmettre une lettre d'invitation, pour que Gloria puisse enfin revoir sa sœur. Elle s'était beaucoup confiée à son apprentie sur l'espoir de revoir sa sœur, dont elle s'ennuyait énormément. Tant d'années avaient passé depuis la dispute qui avait marqué la fin de leur complicité.

Marco et Papi avaient même déjà essayé de discuter entre eux d'un moyen pour réconcilier les sœurs, et ils avaient établi un plan. Papi et Pépita devaient faire croire à Greta qu'ils l'invitaient à prendre des vacances avec eux juste avant la grande fête dans le monde enchanté. Leur véritable intention était d'aller visiter Marco et sa sœur en Alaska et d'en profiter pour voir les deux jeunes en spectacle. Marco avait même réservé des billets dans la première rangée. Gloria n'aurait jamais osé contacter sa jumelle, mais elle fut très émue de la belle surprise de son mari. Les deux femmes se sautèrent dans les bras en se voyant et pleurèrent à chaudes larmes.

Une fois le concert terminé, tout le monde se réunit autour d'une grande table pour manger un bon repas. Papi décida de se lever et de porter un toast.

— Vous êtes tous invités à vous joindre à nous au Carnaval enchanté !

— Nous nous rendrons tous à Saint-Minouchat et nous pourrons descendre dans le monde sous-terrain par un passage secret, mais, attention : vous aurez tout oublié quand vous reviendrez dans votre village !

— Êtes-vous prêts pour la plus belle aventure de votre vie ?

Tous les villageois étaient enthousiastes d'avoir la chance de vivre cette expérience unique. Rita et Oscar, qui s'étaient faits très discrets, étaient enchantés de retourner dans leur environnement habituel.

Madame Minou prit ensuite la parole :

— Poussière d'étoiles, tourbillon de flocons, rendez-vous à la porte magique !

Greta souleva son chapeau fleuri, et la glissade colorée apparut. Tous les invités étaient hypnotisés par les couleurs lumineuses. En arrivant à la fin de leur voyage, ils furent impressionnés par le décor féérique du monde magique. Les enfants coururent déguster des sucreries et se dirigèrent ensuite vers la patinoire. Alicia et Mael allèrent serrer leurs parents dans leurs bras et retrouver les amis qu'ils n'avaient pas vus pendant trop longtemps.

Les adultes buvaient quelques tasses de café Bailey's maison, préparé par les mamans des deux enfants, en jouant à des jeux de société autour des tables, que les papas avaient installées un peu plus tôt. Pépita fit la lecture de contes de Noël aux plus jeunes, et Papi alla chercher Ringo et Bingo pour son arrivée spectaculaire à bord de son traîneau rouge.

Le moment de la distribution des cadeaux était enfin arrivé, et chacun des enfants qui avaient été sages reçut ce qu'il avait commandé. Quand tout le monde eut déballé ses présents, les festivités continuèrent. Un délicieux festin fut servi par madame Minou, qui était reconnaissante de faire partie de cette grande famille. Comme promis, son défunt mari lui rendit une dernière vite et sut que sa femme était heureuse pour la première fois depuis son départ vers le monde des morts. Un nuage lumineux apparut dans le ciel étoilé, et Greta sut que le temps était venu pour son mari de traverser dans l'au-delà.

Le coup de minuit sonna, et les villageois retournèrent d'où ils étaient venus.

Le lendemain, à leur réveil, ils avaient tous hâte de discuter de leur merveilleux rêve autour du déjeuner. Ils découvrirent qu'ils avaient tous le même mystérieux pendentif attaché à leur cou. La petite fée sorcière leur avait fait cadeau de ces magnifiques bijoux magiques.

Eux… Ces fous !

Kane Fournier

Nous sommes tous fous ici. Je suis fou. Tu es folle.

ALICE AUX PAYS DES MERVEILLES, LEWIS CARROLL

Huit semaines plus tôt…

Le monde, tel que nous le connaissions, s'était éteint. Tout cela était la faute de ces deux frères. Mais ça, c'est une autre histoire. Vous comprendrez bientôt.

Où aller quand personne ne voyait le chemin ? Ils avaient brouillé les pistes derrière eux pour ne pas être poursuivis. Ils avaient usé de leur ingéniosité pour créer une brèche et enfin s'en sortir. La pluie cachait désormais toutes les traces; elle, si intense, les avait aidés à s'évader.

— Je les retrouverai ! s'exclama l'inspecteur Berthier. Je les traquerai… Eux ! Ces fous.

Aujourd'hui (en forêt)…

— Allez, Gus ! hurle ma mère. Lève-toi ! Il est déjà assez tard comme ça. Sois pas fainéant en plus.

Je n'ai d'autre choix que de sortir du sac de couchage, même si je me sens encore en compote. Tout mon corps est endolori, je me sens stupide.

— Bon… Ça doit faire quoi ? demande ma mère. Cinq ou six semaines qu'on est coincés ici.

— Huit, maman. Huit semaines.

Probablement pas le genre de réponse qu'elle espérait entendre, elle grogne quelques minutes en cuisinant notre repas – un lièvre que j'ai chassé la veille – sur le feu que nous entretenons depuis tout ce temps. Huit semaines – près de deux mois à tenter de m'entendre du mieux que je le peux avec ma mère. Rien ne peut aller plus mal qu'en ce moment. Je pourrais retourner me cacher dans la tente pour essayer et éviter les légères disputes avec ma mère. Évidemment, elle viendrait aussitôt voir ce que je fais, ou même chercher à savoir ce que je peux dire contre elle à voix basse.

Ça fait huit semaines. Je compte chaque jour depuis qu'on est *coincé* ici (comme dirait ma mère). En fait, nous avons pris cette décision. C'était ça… Ou bien notre sort ne dépendait plus de nous. Ça fait huit semaines qu'on tente d'appeler à l'aide pour sortir enfin de la forêt. En vain. Ça fait huit semaines, plus de soixante-trois jours qu'on survit, qu'on mange ce qu'on trouve ou attrape, qu'on garde le feu allumé jour et nuit, sans aucune exception, ne sachant pas ce qui nous entoure. Ça fait huit semaines; on ne s'entend pas sur tout, mais on fait de notre mieux. Notre histoire a toujours été ainsi, amour et haine. Ces deux émotions qui s'entremêlent, se choquent et créent mille et un conflits sous la tente et sur le terrain.

— Merde ! hurle ma mère. Il va bientôt pleuvoir. Va dans l'abri, Gus !

Je m'exécute sur le champ, sans broncher, et je cours.

Huit semaines plus tôt (en ville)…

Il lui suffisait de quelques feuilles, lignées, de préférence, pour qu'il puisse écrire ses notes. Une petite chandelle lui permettait de voir ce qu'il mettait sur papier. Une odeur de brûlé se répandait un peu partout dans son logis. La flamme brûlait le peu de poussière qui s'était logé sur la cire depuis quelque temps. Seul, lors de ces moments intimes où il n'était plus l'ombre de lui-même. Seul, lors de ces longs moments, alors qu'il devenait autre chose. Oublié, il rongeait toutes ces émotions sur ces bouts de feuilles tâchés.

Quelques taches d'encre sur sa main alors qu'il laissait les mots défiler. Quelques taches de sang sur sa chemise, qu'il avait tant bien que mal tenté de nettoyer. Laissé à lui-même, il croyait aux monstres et aux fantômes. Certains parlaient de science, de momies ou de suceur de sang. Laissé à lui-même, il croyait bien plus encore aux sombres humains et à ceux qui les accompagnent.

Une envolée d'oiseaux noirs recouvrait le ciel, ce soir-là. La pleine lune éclairait à son maximum. L'automne était là depuis maintenant plus de huit semaines. Les maisons n'étaient plus pareilles. Elles n'étaient plus ornées de citrouilles ou de belles décorations. Les bâtiments étaient tous délabrés, ils avaient sombré. La poussière recouvrait l'environnement. Le peu de survivants qu'il restait dans ce monde devaient se cacher. Probablement qu'il ne restait plus une famille entière vivante. Les pères devaient boire pour oublier. Les mères devaient sûrement couver leurs enfants comme s'il n'y avait plus de lendemain. Les enfants, quant à eux, devaient pleurer toutes les larmes de leurs corps. La peur les envahissait. Un monde chaotique. La violence avait entraîné la ville à se détruire. Les pannes d'électricité étaient de plus en plus fréquentes et affectaient aussi tous ces gens. En une seule heure, ç'avait été la guerre. Une journée… le monde était méconnaissable. C'était même loin d'être fini. Ils étaient tous incapables de vivre avec le peu de ressources qu'il restait.

Accroché à la lueur de sa chandelle, il pensait perdre l'esprit. Le voilà, seul, dans son petit univers. Il évitait la pluie depuis tout ce temps. Il ne quittait presque pas son appartement. Il ne sortait presque plus… Sauf lorsqu'il était enfin appelé à régler des comptes.

Aujourd'hui (en forêt)…

— Cours ! m'ordonne ma mère.

Je cours le plus vite que je le peux. Je tente de rejoindre notre abri, une grotte que nous avons trouvée il y a quelques semaines.

— Allez, maman ! que je m'exclame en la voyant courir au loin.

La pluie ne tarde pas à tomber; l'eau tombe si vite, elle évite presque les feuilles et les arbres qui lui bloquent le chemin. Ma mère court comme une déchaînée, mais je sais… Elle n'y arrivera pas. La pluie torrentielle s'abat dans la forêt. Ma mère n'arrive pas à temps à l'abri. L'eau la recouvre. Elle s'écroule au sol, hurle de douleur et s'étouffe, comme si le souffle lui était coupé. Son cri résonne dans la forêt, brisant ce silence intense.

— Maman ! hurlé-je.

J'essaie de ne plus pleurer, je me tais pour ne pas attirer l'attention sur moi. Je regarde le ciel sachant très bien que cette pluie ne durera pas, mais elle tombe, sauvage. Je garde la bouche fermée pour ne plus faire de bruit et retenir mes larmes.

Huit semaines plus tôt (en ville – soir d'Halloween)…

« Si vous les voyez, attrapez-les ! Morts ou vifs ! » disent les affiches placardées sur plusieurs poteaux de la ville. Des visages mal dessinés à la main et un lettrage mal imprimé, mais la récompense semble intéressante. Le monde s'était écroulé, alors une telle surprise valait amplement la peine de sortir de chez soi. Surtout pour une somme aussi grosse pour seulement deux têtes.

C'est une soirée particulière pour ceux qui restent encore debout après la catastrophe. Il n'y avait pas eu de pluie depuis quelques jours, alors les gens de la ville, les survivants, en profitent pour sortir de leurs abris. Ils se saluent, mais ne s'approchent pas les uns des autres.

L'inspecteur Berthier est très en colère. Les gens ont épuisé sa patience. Il n'est pas vraiment heureux de savoir qu'une supposée « chasse aux fous » vient d'ouvrir, malgré le temps qu'il fait à l'extérieur. La vie n'est pas un film, voilà ce qu'il se dit. Il avait travaillé de longues années dans la police. Ce n'était pas d'hier qu'il pourchassait des suspects ou des gens dangereux. Cette fois ne fait pas exception à la règle. Il ne veut pas que les gens s'amusent sur son terrain de jeu. Certaines choses ne changeaient jamais. Berthier travaillait seul.

— Joyeux Halloween ! crie l'un des survivants de la ville. Cette année, c'est la fête pour les grands !

Berthier se racle la gorge et crache au sol un amas jaunâtre de morve. Il prend alors une cigarette pour se la mettre entre les lèvres. L'inspecteur l'allume.

— Satanée fête merdique… Et demain, ce sera quoi ? Joyeux Noël, rendu là. Pff… Ridicule ! grogne-t-il.

Il traîne son parapluie avec lui, et ce, constamment.

Neuf semaines plus tard… (La chasse est désormais fermée – en ville)

Dans une petite salle, mal éclairée, Berthier communique avec une chose encore jamais découverte auparavant. Des caméras filment cette première rencontre. L'inspecteur se trouve derrière les caméras. Tout ce qui est filmé, ce sont les quelques réactions de l'individu inconnu. Ce dernier garde la tête rivée au sol.

— D'accord ! On enregistre ? demande Berthier. Parfait ! Alors… Ville ? Ou origine ?

Je n'ose pas dire le moindre mot sur le coup. J'ai peur. Mon corps tremble. Je sens toutes ces caméras rivées sur moi, ça me met mal à l'aise.

— La Terre. D'un peu partout.

— D'accord ! ajoute l'inspecteur Berthier, qui ne semble pas impressionné du tout. Hier, vous nous aviez dit que vous aviez voyagé...

— Oui... Longtemps voyagé... Avec ma mère.

— Dites-nous donc la vérité ou...

Sa voix ne résonne plus dans mes oreilles. Tout semble brouillé autour de moi. Je tente pourtant de répondre au meilleur de mes connaissances.

— C'est la vérité. Je suis d'ici.

— Vous semblez trop différent pour être l'un d'entre nous.

— Non ! que je m'exclame.

— Alors, êtes-vous humain ?

Je regarde au sol ne disant plus rien. J'ai peur de ce que cet homme pourrait me faire.

— Je suis comme vous.

— Ça ne répond pas à la question. Êtes-vous humain ?

— Je...

Les larmes commencent tranquillement à monter.

— Je...

— Je « quoi » ? hurle-t-il.

— Je ne sais pas… Je ne sais plus.

— Qu'est-ce que vous faites ici ? me demande cet homme d'un air indifférent.

— On…

— On… Oui, parlons-en. Où est-elle ?

— Elle…

Je tente de contenir mes larmes.

— Ma mère… Est…

Les larmes coulent sur mon visage.

— Elle est morte ?

— Oui ! que j'acquiesce. Par la pluie.

— Mais que faites-vous ici, avec nous ?

— On… Je vous observais.

— Comment ? demande l'inspecteur désormais intrigué. Et depuis combien de temps ?

— Depuis la catastrophe. Peu de survivants sont restés. Nous sommes arrivés peu de temps après ça. Grâce à la catastrophe.

— Expliquez-moi ! demande Berthier. Je veux que l'on m'explique. Vous ne pouvez pas arriver ici comme par magie ou par miracle. Ça n'existe pas, les miracles !

Il crache et martèle la table à coups de poing.

Une semaine plus tôt (en forêt)…

Je ne bouge plus. J'ai froid. La pluie a abaissé la température. J'entends des bruits un peu partout autour de moi. Il semble y avoir tellement de gens dans ces bois. Je me sens entouré; je me sens coincé, pris dans un piège où je me suis moi-même emprisonné.

Ça faisait huit semaines que nous nous cachions. J'ai maintenant l'impression d'avoir tout fait foirer. Ils me trouveront… Très bientôt.

Pendant ce temps (en ville)…

Les gens sont tous fous ici. Ils pourraient tous se taper dessus pour un petit bout de pain. C’en est ridicule. Les gens sont tous fous.

— Ça fait maintenant huit semaines ! Vous êtes une bande d’incapables ! jure le maire.

C’est du moins le nom qu’on lui donne dans ce monde détruit.

— Vous devez les trouver ! s’écrie-t-il encore.

Les villageois hurlent, jurent et crient tels des détraqués. Ils courent jusqu’à la forêt pour attraper enfin leur « butin ».

— À la chasse ! hurlent-ils tous.

Lampes de poches, torches et armes blanches, ils sont prêts à attraper ces fous, comme indiqué sur les avis de recherches.

Une semaine plus tard (en ville)…

J’ai l’impression d’être figé sur cette chaise froide. D’être pris en otage.

— J'ai pas de réponse... Je suis arrivé ici. Comme ça ! Maman ne m'a jamais expliqué.

— Impossible ! Blasphème ! crie l'inspecteur Berthier. Il y a bel et bien une raison à votre venue. Vous êtes aussi fou que les citoyens, ces soi-disant survivants, qui n'ont plus toute leur tête. Vous êtes tous pareils ! Alors, éclairez-moi un peu plus ! Qu'arriverait-il si l'on vous libérait ?

Je n'ose pas répondre sur le coup. Je ne voudrais pas dire quoi que ce soit qui peut s'avérer létal pour moi, mais quelque chose en moi a envie d'en dire plus.

— La mort ! que j'ajoute avec une voix que je n'arrive plus à reconnaître. La destruction humaine. Ou encore des essais sur vos corps... Pour un avenir meilleur, après cette catastrophe.

— Pouvez-vous être plus précis ? me répond l'inspecteur. Notre monde n'était pas déjà à son meilleur ?

— Pff... Vous étiez tellement minables ! Les dérives politiques et religieuses. C'est la base de tous les conflits majeurs de votre espèce. L'accès aux armes de destruction massive, qui était géré par chacune de ses dérives, a mené à la destruction de votre espèce... Vous étiez des faibles. Et « eux », ils l'ont vite compris.

— Qui ça, « eux » ? hurle-t-il. Qui ?

— Les frères.

— Les frères ? poursuit l'inspecteur Berthier, perturbé par mon attitude qui a soudainement changé. Donc, c'est grâce à eux que vous êtes arrivé ?

— Je crois.

Je lève la tête. Je le regarde droit dans les yeux.

— Monsieur Berthier. Ce cas sur lequel vous travaillez… Ce sera votre dernier.

Une semaine plus tôt (en forêt)…

Maman n'est plus. J'essaie de rester fort. J'essaie…

Ne sachant pas ce qui m'attend, je sors de ma cachette. Je tente de fuir. Je n'ai plus d'autre choix. Je cours pour fouiller mon sac à dos dans la tente. Je cherche quelque chose pour me défendre. Je ne trouve rien de plus que des ciseaux. Je cache ceux-ci dans mes poches.

Ça faisait huit semaines que nous nous cachions. J'ai maintenant l'impression d'avoir tout fait foirer. Ils me trouveront… Très bientôt.

Je les entends; ils ne sont plus très loin. Ils sont groupés. Ils arrivent. Ils m'auront. Sans aucune pitié… Ils m'auront…

Une semaine plus tard (en ville)…

Les caméras sont toujours fixées sur moi.

— Monsieur Berthier. Ce cas sur lequel vous travaillez… Ce sera votre dernier.

— Si vous le dites.

Je sors les ciseaux. Je les lui lance au visage et lui lacère la peau.

— Qu'est-ce que vous êtes ? hurle-t-il.

— Un ennemi public ! que je conclus en grognant et en le défigurant avec les lames des ciseaux.

Une semaine plus tôt (en forêt)...

Je sens une main se poser sur mon épaule. Je sursaute et me retourne. Un vieil homme me présente sa main :

— Viens ! Suis-moi ! m'ordonne-t-il. Je vais te sortir d'ici.

— Qui... Qui êtes-vous ? que je demande, effrayé.

— Tu peux m'appeler Berthier ! répond-il. Dépêche-toi avant que ce soit eux qui te trouvent !

Son attitude m'inquiète légèrement, mais je n'ai tout de même plus d'autres options. Je prends donc la décision de le suivre. Nous fuyons. Il m'emmène quelque part, pas si loin. Un coin pas très prisé de la ville.

— Ne t'inquiète plus ! ajoute-t-il. Personne ne te trouvera ici !

Il ferme la porte derrière moi et m'enferme dans un endroit clos. Il y a peu de lumière. Je me sens coincé.

Une semaine plus tard (en ville)…

— Une semaine que je te tiens… Et toujours pas les réponses que j'espérais ! chiale l'inspecteur.

J'ai tenu ma langue dans le fond de ma gorge sans dire quoi que ce soit, ou presque, pendant un bon moment.

Les ciseaux l'ont défiguré. Il s'est affalé au sol et ne bouge plus. Je n'ai fait que me défendre. Je ne savais plus quoi faire. Il me faisait peur.

La ville entière me fait peur. Les gens ne semblent pas me reconnaître. Et tant mieux. Les avis de recherche ne sont pas du tout ce que je croyais. Pas de photo. Une simple récompense pour attraper « ces fous ».

Je dois fuir… Fuir n'importe où. Et vite.

Le monde est enseveli sous la poussière. La pluie est étouffante. Les gens sont dangereux – du moins, trop souvent dangereux. Je ferai une partie de la route en solo. Peut-être y trouverai-je des compagnons comme moi. Des êtres pas si différents de l'homme…

Chaque 31 octobre, quelque chose arrivera.

Chaque 31 octobre, quelqu'un… sera quelque chose.

La folie peut s'emparer de n'importe qui… On ne sait où; on ne sait quand.

FIN

Remerciements

Rose Plourde

Merci énormément à Pascale Laf, Kane Fournier et Graeme Villeret d'avoir accepté de participer à mon projet de recueil !

Merci énormément à Sarah Denis, pour la bêta lecture, à Lios-Art pour la magnifique couverture, ainsi que le synopsis et à Annie Larochelle, qui a accepté de faire la révision du texte !

C'est un travail d'équipe incroyable ! Je vous en remercie énormément !

Merci à ma famille et à mes amis, qui m'encouragent dans tous mes projets, parfois un peu fous, dont ma mère, qui a accepté de faire la bêta lecture, Solanie Carrier.

Merci à vous, lecteurs, qui achetez et lisez ce beau recueil et, ainsi, encouragez quatre auteurs !

Rose Plourde

Graeme Villeret

Je tiens à exprimer ma plus profonde gratitude à toutes celles et tous ceux qui ont contribué à l'écriture et à la publication de ce recueil de nouvelles. Talent, créativité et dévouement ont permis de donner vie à des histoires uniques et captivantes. Chaque mot, chaque phrase, chaque récit est le fruit d'une passion, d'un engagement. Merci pour cette générosité, ce temps et cette confiance. Ce recueil est le reflet de notre collaboration et de notre amour commun pour la littérature. Votre participation a été inestimable et a enrichi ce projet de manière incommensurable. Encore une fois, merci du fond du cœur pour avoir partagé vos talents et vos idées. À Rose, Pascale, Lios-Art, Kane, Sarah, Solanie et Annie, merci.

Graeme

Pascale Laf

À mes amis,

Rose Plourde, Lios-Art et Julie Bourgeois, merci pour le privilège de faire partie de vos recueils.

François, Shana Pelletier, Joseph Abboud et Jeff Bouchard, vous avez toujours été là, à m'encourager à écrire dans mes moments de doute.

Mael et Alicia, deux jeunes au travail, qui m'ont prêté leur nom pour mes deux personnages principaux.

Solanie Carrier et Sarah Denis, merci pour la bêta lecture et la correction.

Annie Larochelle, merci d'avoir accepté de réviser et de corriger notre livre.

Pascale Laf

Kane Fournier

Je tiens à remercier sincèrement plusieurs amis et collègues.
Les auteurs : Jeff Bouchard, Lios-Art, Pier Davi et Julie Bourgeois de m'embarquer dans vos folies.
Les amis : Jade Fortin, ma lectrice d'une redoutable efficacité. Raphaël Leblanc, mon copain, qui gère aussi les idées, parfois, dans ma tête.
Cette fois, je tiens aussi à remercier Rose pour ce projet, qui est différent de bien d'autres.

Kane

www.ingramcontent.com/pod-product-compliance
Lightning Source LLC
LaVergne TN
LVHW010117170826
845678LV00012B/2447

* 9 7 8 2 9 8 2 2 6 3 9 3 2 *